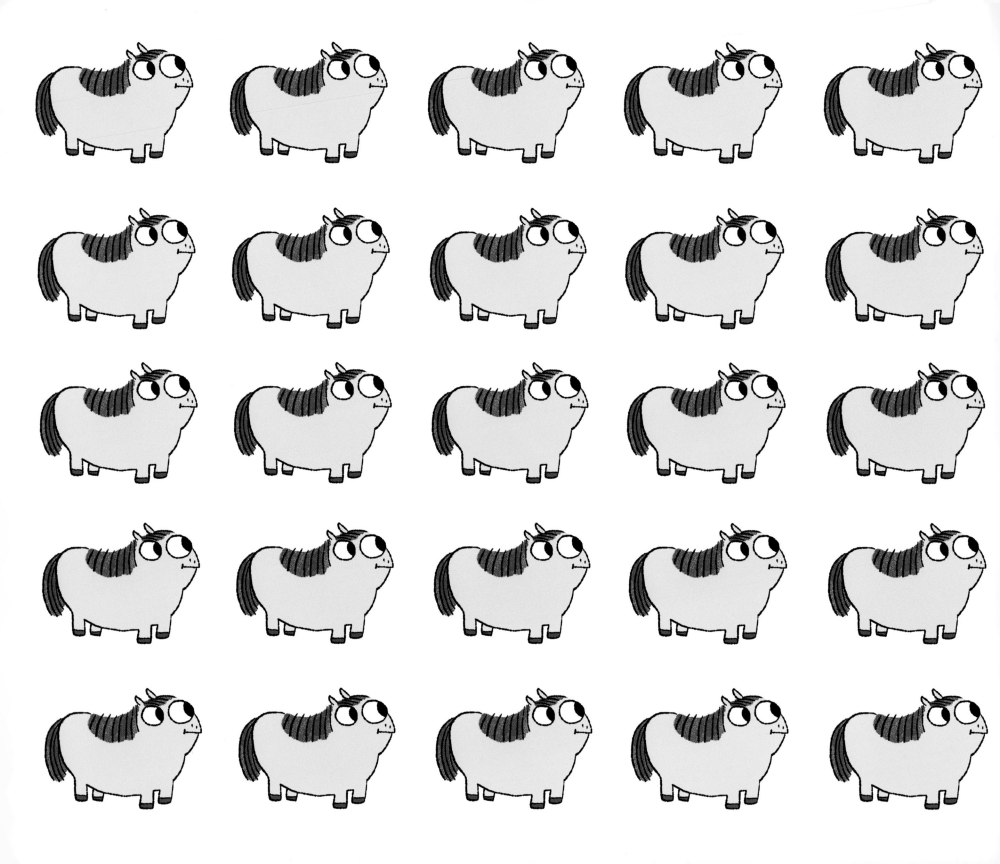

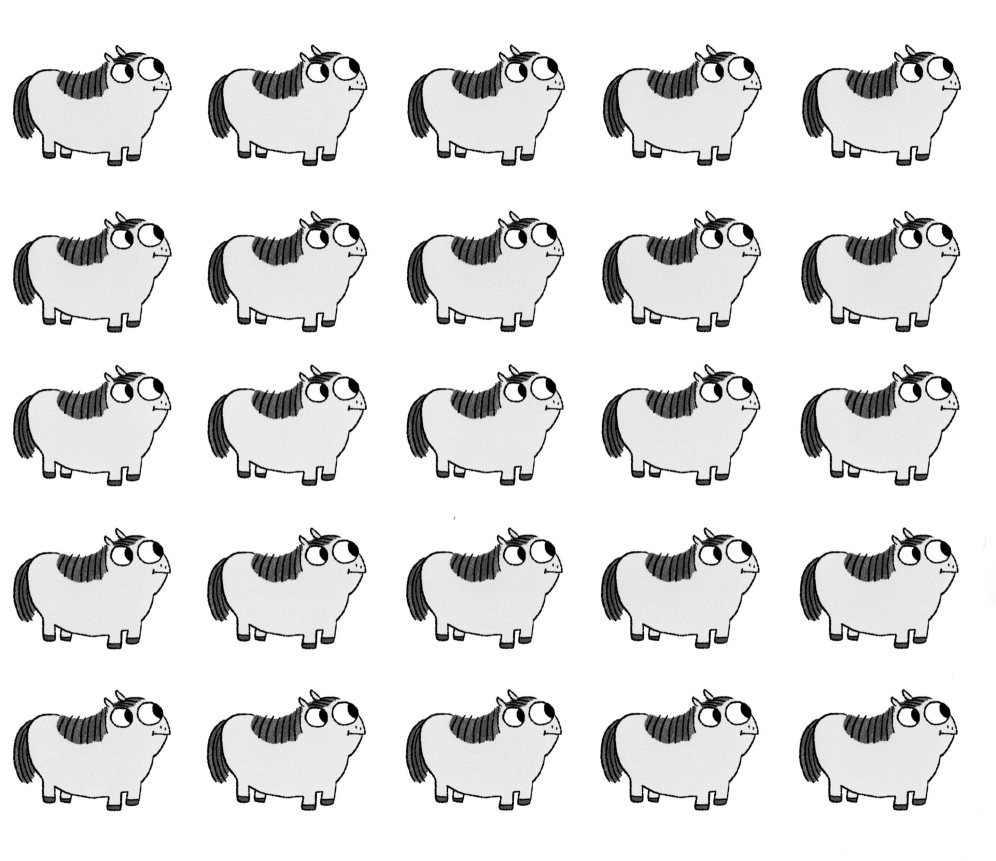

La Princesse et le Poney

Kate Beaton

Texte français de
Marie-Carole Daigle

Éditions
SCHOLASTIC

Catalogage avant publication de Bibliothèque et Archives Canada

Beaton, Kate, 1983-
[Princess and the pony. Français]
La princesse et le poney / Kate Beaton; texte français
de Marie-Carole Daigle.

Traduction de : The princess and the pony.
ISBN 978-1-4431-4770-5 (couverture souple)

1. Bandes dessinées. I. Titre. II. Titre: Princess and the pony.
Français

PN6733.B42P7514 2015   j741.5'971   C2015-901785-8

Édition publiée par les Éditions Scholastic, 604, rue King Ouest, Toronto (Ontario)
M5V 1E1 CANADA.

5 4 3 2 1   Imprimé en Chine 38   15 16 17 18 19

Les illustrations de ce livre ont été réalisées par ordinateur.
Conception graphique de Kate Beaton et David Saylor.

À mes sœurs Becky, Maura et Laureen

Dans son royaume de guerriers redoutables,
la princesse Prunelle est la plus petite.
Sa fête approche et elle est très impatiente.

Pour leur fête, les guerriers reçoivent généralement des cadeaux fabuleux :
des boucliers, des amulettes, des casques ornés de cornes. Bref, toutes sortes
de choses utiles pour gagner des batailles et se sentir invincibles.

La princesse Prunelle, elle, reçoit habituellement plein de chandails douillets.
Mais ils ne servent à rien quand on a l'âme guerrière.

Cette année, c'est différent. Prunelle s'est organisée pour que
tout le monde sache ce qu'elle veut en cadeau : un grand cheval.
Un cheval rapide et musclé. Un vrai cheval de guerre, quoi!

Ses parents font leur possible...

mais c'est raté.

— Je ne peux pas le monter! s'exclame
la princesse Prunelle.

Il est bien trop petit!
Et bien trop dodu!

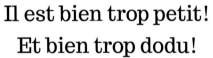

En plus, on dirait
qu'il a les yeux croches!
(C'est le cas, mais seulement parfois...)

On ne peut pas refuser un cadeau de fête... La princesse emmène donc le poney dans sa chambre, où il se met à grignoter tout ce qui lui tombe sous la dent et pète beaucoup...

Il se trouve qu'il va bientôt y avoir un grand combat.
Et c'est ce que les guerriers aiment le plus au monde.

La princesse tente de dresser son poney
pour qu'il devienne un véritable cheval de guerre...

mais c'est peine perdue.
— Nous ne gagnerons jamais, soupire Prunelle.

Le jour du combat arrive. Tous les guerriers
sont très costauds et intimidants.
— Fais ton possible, d'accord? souffle
la princesse à son poney.

Des trompettes retentissent, puis c'est une terrible cohue! On se bat à coups de balles molles, de boulettes de papier, de boules de poils et de boules carrées (une nouveauté).

Les gens se font assommer de tous bords tous côtés. Prunelle se tient à l'écart, attendant le moment propice pour se jeter dans la mêlée.

C'est alors que Brutus le barbare, le plus méchant de tous les guerriers, fonce droit sur elle!

La foule retient son souffle.
Prunelle cherche dans son sac ses boulettes de papier…

lorsque Brutus s'arrête net et écarquille les yeux.

— Oh! Comme il est mignon, ce petit poney! Guili-guili...
Qui voudrait faire du mal à un poney aussi charmant?

Tous les guerriers s'approchent pour admirer le poney.
— Quel animal ravissant! dit Laura Laforce.
— Il est si dodu! s'étonne Carlos Cruel.
— Ma foi, il est aussi beau que moi! s'exclame Vincent le Vantard.

Prunelle reste bouche bée : elle n'en croit ni ses yeux ni ses oreilles!
— D'habitude, les combats ne se déroulent pas comme ça, dit-elle.

— Tu as raison, dit Brutus. Mais les guerriers ont rarement
la chance de montrer leur côté tendre.

La princesse Prunelle réfléchit un instant et dit :
— Je vais vous donner quelque chose qui devrait vous aider.

Peu après, chaque guerrier reçoit en cadeau un chandail douillet!

Soudain, tous ces durs à cuire ont l'air plutôt... mignons!

Ce jour-là, Prunelle et son poney reçoivent le trophée de Guerriers les plus utiles.

Prunelle se jette au cou de son poney.
— Tu es le meilleur cheval qu'une guerrière puisse avoir!
s'écrie-t-elle. Nous formons une équipe de choc!

Le petit poney est si content qu'il lève la queue et... lâche un pet!

— Évidemment, dit Prunelle, je suis sûre qu'on peut régler certains détails.

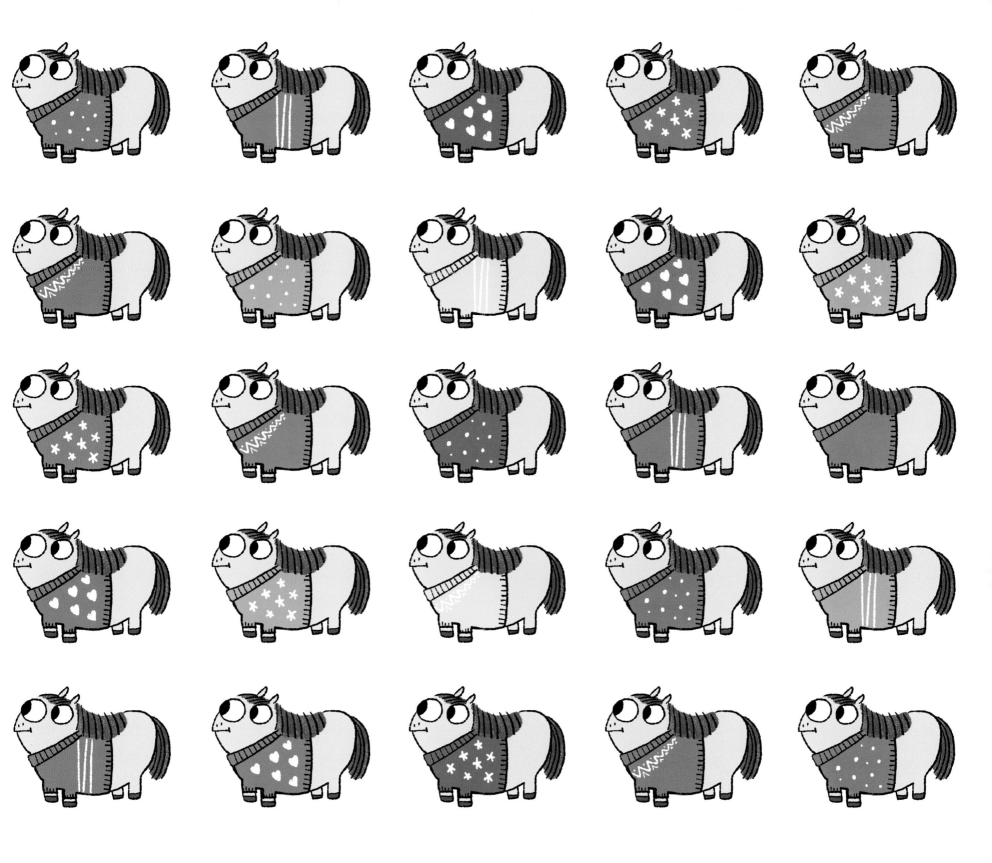